KB274743

오양심 제5시집

뻔득재 더굿

<그림 청사 이동식>

서문당

차례

한 사발의 물

　새벽마다 정화수를 떠 놓고 절을 한다. 딱히 점찍는 대상은 없다. 대천 하늘과 두꺼운 땅과 삼세의 사람들이 내 절을 받거니 하고 마음을 다할 뿐이다. 몸과 마음을 경건히 하고 간절하게 하다보면 알 수 없는 연민과 슬픔이 창자에서 솟기도 하고 목이 메기도 한다. 그럴 때마다 정화수를 들여다보면 고향풍경이 한 눈에 들어온다.

　솔섬 노루섬 달섬을 거느린 신산 바다를 마주 한 수암산이 보인다. 산은 굽이굽이 제 몸에 주리를 틀어 학사바위 거북바위 신선바위 산바위를 병풍 속 그림처럼 펼쳐놓은 다음, 바로 옆 자락에는 뻗득재를 품어 안고 속세에 없는 비경을 만들고 있다.

　그곳에는 멍석을 깔아 놓은 것 같은 마당바위가 있고, 바다를 직선으로 굽어보고 있는 팽나무가 있다. 덜렁 잠방이만 입고 바위에 앉아 더위를 식히는 사람, 장기나 바둑을 두는 사람, 낮술에 배꼽을 드러낸 채 곯아떨어진 사람들이 보인다. 그 주위로 여기저기 높고 낮은 구릉과 계곡에서 한가롭게 풀을 뜯고 있는 수 백 마리의 소와 그 수만큼의 아이들이며 일꾼들이 보인다. 동생을 업고 친구들과 숨바꼭질을 하고 있는 나도 보인다.

　눈길 닿는 대로 아름다운 풍광, 정겨운 얼굴들이다. 이제 더는 고향을 그리워하지 않아도 된다. 부모 형제, 정겨운 동무들, 그리고 육친들이, 내가 아침마다 경배를 드리는 정화수 속에 다 들어있기 때문이다.

　사람이나 짐승이나 이름 모를 풀벌레까지 모든 금수초목은 만나면 뒤엉킨 희로애락이요, 애별이고요, 흥망성쇠로 부침을 한다. 모이면 넓고 둥근 데는 끌어안고

저자 오양심

온기를 나누고, 각지고 모난 데는 서로 부딪쳐 찌르고 베고 조각내고 살점이 떨어지는 사단이 난다. 거기에 우리네 삶의 온갖 풍정이 더해지면서 삶을 윤택하게 하는 힘이 있다. 그 한 토막이 역사가 되기도 하고 전설이 되기도 한다.

인간사 얼크러짐은 신명을 만들고, 신명은 굿을 만들고, 굿은 춤을 만든다. 춤은 나눔이요, 동참이요, 오고가는 인정 속의 시비이해와 설왕설래이다. 그곳은 삶과 죽음이 함께 공존한다. 같은 세계이면서도 서로 다른 세계이다. 아프면서도 좋고 슬프면서도 기쁘고 고통스러우면서도 그리운 곳이다.

나는 정화수 안에서, 깍지 낀 손가락 사이사이에서, 무한으로 존재하는 곳, 생각나면 바로 있는 내 마음의 영원한 안식처인 고향을 굿으로 본다. 지상에 있는 모두가 함께 보는 굿을 위해서 지금까지 어줍지 않은 시어를 꾸며 왔다. 참으로 보아도 좋고 거짓으로 보아도 좋다. 동참으로 아니면 구경꾼으로라도 좋다.

어린 시절에 사람과 소의 어우러짐은 가늠키 어려운 인과관계였다. 이제는 어디에서도 찾아볼 수 없는 고향에 대한 그리움을 되새김질하면서 물 한 사발에 내 얼굴을 비춰본다.

2008년 새해 뻔득재에서

화가 청사 이동식 약력 / 충남 천안 출생

1962   서라벌 예술대학 졸업
1973   고려대학교 대학원 졸업
1976   신세계미술관 초대전(신세계 백화점)
1979   제11회 신일본 국제회화제 은상 수상(Mori 미술관)
1980   제12회 신일본 국제회화제 금상 수상
1981   한국현대미술대상전 추천작가상 수상
1982   한국현대미술대상전 심사위원
1984   서울미술제 심사위원
1989   한국화랑미술제 초대(Hoam Gallery)-Seoul Art Fair
1991   현대미술작가 초대전(국립현대미술관)
1992   한국, 오스트리아 수교 100주년 기념전(비엔나 국립미술관 초대)
1993~2000   신미술대전 심사위원
1994   서울국제현대미술제(국립현대미술관)
           New York 한국일보사 창간 27주년기념초대전
           Kearon-Hempenstall Gallery, New York, U.S.A.
           일본 동경 미술세계화랑전 초대(일본 동경 미술 1994~2003년 일본전지역)
1996   일본 북해도 Domakkomai전 苦小牧 동경미술세계 초대
1996~1998   MANIF Seoul '96,98 국제전 일본 동경 미술세계 전속
1996   프랑스 파리, Moon Dam Galerie 초대전
1997   스위스, 제네바 Kara Gallery 화랑 초대전 / 일본 Kusiro 기획 Asia 평화실행위원 초대
1998   MANIF 서울국제아트페어 초대(예술의전당)
1999   국전 대한민국미술대전 심사위원
2000   말레이시아 국제초대전(쿠알라룸푸 미술관)
2001   타쉬켄트 국제비엔날레 특별초대전(우즈베키스탄 국립미술관)
           태국 국제 초대전(Regarden Art Hall)
           중국 Sungdo 한국미술국제전 초대(Sachunsung 미술관)
2003   미국이민 100주년기념 L.A. 이민역사기념관 초대
2005   <청사 이동식 풍속화> 대표작 선집 전2권 출간(서문당)
2007   뉴욕 세계일보 스프디이스 월드 靑史이동식 풍속화 초대전

현재   한국미술협회회원, 동경 미술 세계 전속
           연세대, 경희대학, 관동대, 한성여대 강사역임

1. 나는 괜찮아

나는 괜찮아

내가 태어난 곳이 바닷가라서
바다가 보고 싶을 때 찾아갈 수 있어서
어머니 묘지에서 바다를 내려다볼 수 있어서
바다에게 힘들다고 말할 수 있어서
바다에 뜬 보름달을 보며 소원을 빌 수 있어서
바다를 찾아가다 쓰러질 수 있어서
울고 싶을 때 바다가 함께 울어 줄 수 있어서
바다에서 예배당 종소리를 들을 수 있어서
모래밭에 나란히 누운 메꽃이 될 수 있어서
물새들의 발소리를 들을 수 있어서
밤새 모래알의 이야기를 들을 수 있어서
해와 함께 붉은 바다를 바라볼 수 있어서
반짝거리는 햇살이 될 수 있어서
파도가 될 수 있어서

끝내는 바다가 될 수 있어서

꽃 소식 50×55cm

사랑의 샘, 39.5×47.5cm

하느님이 내게

내가 이 세상에 오기 전부터
다리품이 다 닳도록 부르시더니
고비고비 눈물을 보여주시고
굽이굽이 절망도 알게 하신 다음
마지막 남은 눈물까지 거두어 가신다
그 눈물로 헹구어 냈는가
어린아이처럼 맑고도 곧은
가슴 하나 만들어 주신다

흰 옷이 부르는 꿈의 아리랑

이제 막
땅 속에 씨앗을 뿌려 희망 하나 심어 놓고
빛이어든 기쁨이어든 피워 내야 하는데
한 세기가 가고
또 한 세기가 시작되는 시간 앞에 서서
누가 우리의 처음 사랑을
살아도 죽었다고 말해 주었는가

내 사랑 맥없이 쓰러진 자리에서
흰 치마저고리 베옷 한 벌이
힘차게 어머니의 노래를 부른다
검게 찌들은 흰 옷이 운다
그 흰 옷 내리치는 방망이가 운다
빨래판이 운다
어머니가 운다

꽃들에게 목숨 하나 내어놓은 여인은
지상에서 가장 슬픈 흰 옷을 입고
꽃송이마다 피가 도는
뜨거운 이름을 붙여
하얀 무궁화꽃 피워 내고 있다
줄레줄레 눈물로
피워 내고 있다

대대포구에서

갈대는 아무 말도 하지 않았다
세상사 모든 잡사를 듣기만 했다
말을 들어주는 그가 싫지 않았다
그도 나를 싫어하지 않은 눈치였다
둘 사이를 오락가락한 것은
순천만이었다
가끔씩 비를 뿌리다가
햇살을 내비치다가
구름이 되어 잠시 머물다 갔다
따라다니던 역마살도 자리를 피해 주었다
불씨가 되어 더워진 동천과 이사천은
몸을 물로 풀었고
강물은 제 살 속에다 더 깊은
뿌리를 내렸다

끝내 만삭이 된 뱃속의 피가 통했다

포구, 55×55cm

닭싸움, 55×55cm

봉숭아

꽃 떨어진 자리에
머들머들한 멍울이 선다
서숙알보다 작은
소나기 한 줄금 지나가자
그 열매에
푸른 피가 돈다

천둥 번개가 내리쳐도
세찬 비바람을 맞아 가며
봉숭아는 지가 뿌린 씨
지가 거두기 위해
몸이 붓도록
안간힘을 쓰고 있다

나팔꽃보다 더 푸른 목젖을 지나
나뭇잎 사이 햇살 가득찬 그리움을 지난다
창시 너머 막창에서
꺼이꺼이 퍼질러 앉은 서러움이
제 곡조를 못 이기어 툭
터진다

닳아지는 손톱
아직 첫눈은 멀다

지병

–신성포에서 정채봉 선생님께–

성산역전에 내려 검단산성으로 올라간다
바다를 끼고 돌아야 그를 만날 수가 있다
몇 갈래 길들을 따라 꾸불텅거리고 있는데
금이 있는 해안선 한쪽에서
낯익은 목소리가 들리는 듯해
막상 가본다
파슬파슬한 모래가 되지 말고 단단한 차돌이 되어야 한다
말을 하고 있는 것은 사람이 아니라
모래밭을 낮게 내려다보고 있는 언덕이다
나는 농악놀이를 하는 굿쟁이가 되어
일자진으로 걷다가 다시 휘청거리며
을자진으로 걸음을 옮긴다
차돌이라!
선생님 생전에 불치의 풍경들이 떼로 몰려와서
얼마나 망극하십니까
하고 낄낄거리며 있는 데로 야유를 퍼붓는다
나는 왜 또 신성포 여그까지 와서

수모를 당하는가
선생님! 알 수 없는 이놈의 속
오래 들여다보고 있으면
언젠가는 궁금증을 풀 수 있을까요

지병이 도지기를 바라는 것도 나의 팔자소관이다

혹

돌아오지 않기 위해
강으로 간다

어미염소 곁에서 아기염소가
한가롭게 풀을 뜯고 있다
메뚜기 한 마리 새끼를 등에 업고
유유자적 그 곁을 지나간다
눈에 밟히는 것마다 혹처럼 돋아나 고통을 준다
나의 의지와는 상관없이 돌연변이를 일으킨
악성 종양이다
병에 대하여 생각하는 동안 날이 어두워진다
날아다니는 반딧불이가 어린 혼불 같다
자연의 이치를 거스르고 있는
나 같은 얼간이를 본 적이 있느냐고
지나가는 바람에게 물어 본다
중심의 괴로움을 거역하면
발자국마다 피가 고이더라고
여러 경험담을 들려준다

아가야! 미안하다
가는 곳마다 너를 달고 다녀서

염소와 버들피리 부는 소년, 65×55cm

불길하다

봄이다
꽃이 핀다
잎이 핀다
천지가 환하다
개나리 진달래 그리고 매화꽃
감꽃까지 한꺼번에 피어난다
한여름 같다
내 기억 속의 풋사랑 같다
볏짚 속으로 들어가 얼레꼴레리를 하고 난 뒤
미안하다며 낯을 붉히던
절름발이 그애 같다

먼 우주에서
해일이 일어나
지구 한쪽을 통째로 삼켰다는
소식이 들려오고
바다 위에 유유히 떠 있던
섬 전체가
몇 년 못 가서

보리밭 사이길, 53×65cm

흔적도 없이 사라질 거라는
예고도 있다

이게 무슨 조화 속인가

문어처럼 엉덩이를 걸상에 찰싹 붙여 놓고
내 속부터 찬찬히 살펴봐야겠다

부는 바람이 수상합니다

용문산입니다
고목 진 은행나무 아래 앉아 있습니다
가지가지마다
배내똥 같은 열매들을
주렁주렁 매달고 있습니다
갓 여문 것들한테서
달짝지근한 냄새가 납니다
선한 냄새가 납니다
저것들을 빛이 나게 길러낸 것은
당신이지만
나는 도무지 당신의 깊은 뜻을
알 수가 없습니다
이제 곧 계절이 들이닥칠 판인데
하늘이시여! 가을이라도
사람의 이름은 부르지 마세요
속이 썩어 문드러져도
데려가지 마세요
거두어 가지 마세요
견디어 열매 맺는 더딘 걸음이
대지가 이렇게도 아름다운 줄

하루를 열고 닫는 일이
얼마나 비밀스러운지
나는 아직도 알지를 못하는데

장기 두기, 55×57cm

대장간, 60×45cm

패랭이꽃

지난 여름 말간 이슬을 머금고
그 고운 빛깔로 꽃을 피우더니
힘지게 향기도 뿜어내더니
쫓고 쫓기며
밀고 밀리며
막다른 골목에 다다랐는가
해처럼 막 떨어지려 한다
내 동의도 없이 삶을 끝내려고 한다
지나온 세월을 뒤돌아 봐
시간의 강을 타고 천천히 흘러가봐
강물을 거슬러 오른 연어 떼를 만날 거야
네 몸 어딘가에서 커다란 물줄기가
손나팔을 만들어 속삭이고 있을 거야
운명은 뒤바뀔 수 있다고
서두르지 마라고

네 몸에서 죽음의 냄새가 난다

어머니의 손

미끄런 미역 냄새
해풍에 젖어드니
섬처럼 떠도는 기억
해일로 밀려오고
눈 하나
먼 풍경에 닿아
물새 되어 퍼득인다

주름진 얼굴마다
어머니 얼굴 어리어
숨소리 기침 소리
귓전을 때려 오고
허기져
지친 세상살이
등 두드려 달래신다

연날리기, 90×60cm

그때 그 일을 오빠는 알고 있을까

온통 바람이었던 유년의 어느 날이었다
바람을 잡으러 들판을 뛰어다녔다
바람은 쉽게 잡혀지지 않았다
나는 바람을 쫓아다니다가
바람개비를 만들어 힘껏 달렸다
그때서야 겨우 바람이 잡혔다
바람개비를 돌리며 바람을 불러들였다
걷잡을 수 없는 바람이 코로 들어왔다
갑자기 숨이 턱까지 차올라서
그대로 풀밭에 누워 버렸다
향긋한 풀 냄새가 코끝을 자극했다
풀잎이 흔들리고 나뭇가지가 흔들리고
세상이 흔들릴 때
손끝에 잡히는 뭉클한 것이 있었다
그것은 보송보송한 털복숭아 같기도 하고
막 삶은 뜨뜻한 감자 같기도 하고
찐득찐득한 찰떡 같다고 느낀 찰나
화들짝 놀라 잠을 깬 내 손끝이
새가슴처럼 팔딱이며
조심조심 이불 밖으로 빠져나오고 있었다

염소 기르기, 55×70cm

나는 숨이 잘 쉬어지지 않았다
머리에서는 삑삑 풀피리 소리가 났다
보고 있던 문풍지가 나 대신 떨면서 말을 해주었다
거시기에
고사리 손을 끌어다 댄 것밖에는
아무 일도 없었다고

네 오빠는 지금 사춘기라고

동백꽃

-제삿날 오동도에서-

드러난 살은 모두 핏빛입니다
내딛는 발자국마다 꾸는 꿈도 어둡습니다
검붉은 동백꽃 송이송이가
한 석삼년 숨죽임당했는지
모감지 모감모감 통째로 지고 있습니다
오동도 앞바다는
해조음으로 울어대고
오빠 황금 같은 동생을
"지상의 어떤 것과도 바꾸지 않겠다." 하셨나요
봉황은 새소리를 내며 울어야 합니다
어리석게도 바다표범 소리로
우레 소리로 운다고 한들
피와 싸우고 피에 문드러져 난다고 한들
결코 돌이 될 수 없습니다
피를 나눈 여섯 개의 가슴팍일 뿐입니다
저렇게 항일암이 종소리로 운 것처럼
이미 자신의 본래 모습을 잃어버린
자산(赭山)의 아우성이 잠자리에 들기 전에

당신을 향한 애증이 더 짙어지기 전에
오빠 우리 뜨거운 눈물바람으로
동백섬 회한의 길을
손잡고 한 번쯤 걸어 보지 않으시렵니까?

애증, 55×57cm

날마다 장날

어제는 정선장
오늘은 화개장
고단한 걸음걸이
힘겨운 삶의 봇짐
내일은 무엇을 팔아
하루를 살아갈까

추석 대목장, "삶의 이야기" 70×390cm(부분도)

낮에는 유형객처럼 팔도를 떠돌아도
밤이면 휘영청 달빛 메밀밭 꿈을 꾸는
평창 땅 허 생원처럼 낭만의 시를 쓴다

바람처럼 떠도는 것이 숙명일 수 있다면
맑기고 흐르면서 고향 찾는 연어 떼
봄이면 모천에 올라 짐 부려 놓고 누워 있다

어디쯤 오는가, 봄은

산이 되어 눕고 싶다
감나무 골짜기
마당바위가 있는
팽나무 그늘로 가고 싶다

눈발이 먼저 와서
하얗게 꽃피겠지만
마음 한번 구부리면
틈새도 생기겠지

그곳에 가면 두 가닥 철길이
신풍역전까지 마중을 나와서
하루 종일 햇빛에 울음을 달구어 놓고
눈이 작아지도록 기다리고 있다

세상에서는 앞을 잘 볼 수가 없어서
허공을 밟아 가는 꿈 속만 같아서
오늘은 남루한
나무와 살고 싶다

새참, 50×60cm

나무가 운다
보채며 칭얼대며
산이 운다 나무를 끌어안으며
숲이 온통 흔들거린다

외부에서 그러했듯이 내면에서도

물 속을 들여다본다
어린아이의 눈동자처럼 맑다
물에는 힘이 있어 제 스스로를 걸러낸 탓이다
피리 송사리 버들치도
물처럼 투명해서 속창시까지 비추고 있다
물고기는 분명하게 아닌
속창시가 아예 없는 나는 누굴까

물이 깊으면 강물은
소리가 나지 않은 것처럼
속이 깊은 사람은
그 속을
참 알 수가 없다고 했는데
단물 쓴물을 맛보며
사는 삶이다

물을 먹어 본 사람은 안다
꿈도 희망도 모두가 꽃봉오리였다는 것을
물을 먹을수록 단단해진 돌멩이였다는 것을
돌멩이는 언제나 뒤에서 날아온다
날아라 돌아
마지막에는 내 너를
통과하고야 말겠다

2. 당신은 누구신가

북어

어머니는 방망이로
북어를 때리신다
북어는 어느새
속살이 터지고
껍질이 찢어진다

어부의 그물에 잡혀 온 북어는
황태 덕장에서 얼었다 녹았다 하며
살을 말리더니
이제는 뼈도 살도
갈갈이 바스러지는구나

어머니는 설움을 때리듯
북어를 내리친다
북어는 어머니의 세상 밖에서
소리나지 않은
울음을 운다

해녀, 70×70cm

원두막, 90×60cm

한세상 다시 살아가고 싶다

혼자 놀고
혼자 웃고
놀라고
삐치고
속 깊은 살림살이를 해내고
하얗게 빛을 내는
눈물 같은 것 모르고

갓난아이로 돌아와
어머니 뱃속에서 배냇짓 다시 하는

그곳에 가고 싶다

초여름 바람에 향기 묻어 온다
비 개인 공원에 사금파리 하나
배꼽 드러낸 채 햇살을 되쏘고 있다
함부로 쏜 화살을 찾아서
내 유년의 날이 풀밭을 달린다
빌딩 숲 속 사이사이
고달픈 삶이 쏘아 놓은
화살을 찾아서
회색빛 도시 온종일 헤매고 있다
공원 벤치에 성큼 어둠이 내린다
하늘에 별은 보이지 않고
삭막한 가슴에 도란도란 별이 돋는다

보부상, 67×50cm

사랑의 샘 부분도

내 개

어머니는 나를 '내 개'라고 불렀다

내 강아지로는 성이 안 차신다고
'내 개'라고 부르며 나를 눈에 넣고 다니셨다
사람이 사람답지 못한 일을 할 때
흔히 사람을 개라고 부르는데
어머니는 사랑의 이름으로
나를 '내 개'라고 불렀다
개는 사랑을 주면
주는 것만큼 갚을 줄 알고
주인을 위해 목숨을 바치기도 하는데
나는
어머니의 숨가쁜 사랑을 받고도
아무것도 드린 것이 없다
어머니가 세상을 뜨신 후에야
'내 개'가 얼마나 이쁜 이름인지
얼마나 큰 사랑이었는지
비로소 귀가 열렸다

머위잎 쌈밥

아이는 쓴맛을 봐야 비로소 어른이 된다

머위잎 쌈밥을 먹기 위해서 솥은 긴 시간을 준비해야 한다.
지극정성으로 밥에 대하여 생각해야 한다
콩은 입안에서 겉돌기 때문에
찹쌀에 잡곡을 혼합하여
뜸을 들여야 한다
큼직하게 썬 고구마나 감자 옥수수는
밥 위에서 눈요기가 되어야 한다
담백한 볶음과 기름진 조림
비지찌개 꽃게찌개 쇠고기두부찌개는
군침이 돌아야 한다.
흐르는 물은 이파리 앞뒷면을 꼼꼼하게 살펴
알집이나 벌레를 찾아내야 한다
소쿠리는 물기를 제거해야 하며
시루는 머위잎에 황달이 들지 않게
노을이 지지 않게
유종의 미를 거두어야 한다

머위잎 쓰디쓴 맛을 보기 위해서는
솥이 한 끼 식탁을 준비하는 동안

행락의 계절, 60×60cm

시루가 김을 올리는 동안에
찢어진 머위잎을 밥숟가락에 올려놓고
외롭고 쓸쓸함을 달래는 동안에도

생의 절반은 지나가고 아이는 금세 어른이 되고

바다가 좋아, 55×70cm

어머니의 바다

어릴 때 고향 마을에서는
반장이 마이크에 대고
"오늘은 신산 앞바다에서 영을 틉니다."
라고 하면
아낙네들이 물때에 맞추어
바다로 나간다
나는 무리들 속에 섞여
바지락을 줍는다
바구니 꽁무니를 따라다니며
썰물이 올라오자 엄니는
모래밭까지 허둥지둥 마중을 나온다
달님
별님 부르면서
세상에 없는 우리 둘째딸이
바지락을 캤다!고
목청을 높이신다
스무 해 전
엄니 돌아가신 그 바다에서
나는 영을 잘못 트고 있는데

엄니는 지금도 바다를 건너오신다

* 영을 트다: 바다에 나가 조개를 잡는다는 남도 방언

만장

-홀로 떠나신 어머니-

신산 앞바다에 파도로 밀려와
흰 거품으로 자지러질 때마다
나는 짐승처럼 껵껵이었다
뭍의 길이 끝난 그날부터
남해에 묻힌 바닷길
그 길을 몰라 갯가에 주저앉았다
둘째 딸 시집도 못 보내고
만장 앞세워 혼자 떠나간
어머니의 상여 뒤에
바다는 그저 비어 있었다
이제 그 바다
어머니의 길이 되어
밤이면 내게 와서 파도로 부서진다

강변에서, 90×60cm

어머니의 여름은 위대했습니다

당신은 한 그루 고추나무였습니다

그 여름에도 묵묵히 제자리를 지켜냈습니다
직선으로 타는 뙤약볕에도
폭풍을 동반한 천둥 번개에도
쓰러지지 않았습니다

태양처럼 붉은 열매들을
가지마다 주렁주렁 매달아 놓고
고추보다 더 매운 사랑으로
가족을 무사히 지켜냈습니다

여름의 끝은 거룩했습니다
신비로웠습니다 장엄했습니다
계절이 앞을 다투어 타 들어갈 때
당신도 불의 섭리를 따라갔습니다

어머니 당신은 그리움입니다
기다림입니다

사랑의 샘, 53×45.5cm

이 땅을 대신해 준
피와 땀 그리고 눈물이었습니다

빨간 고추 그 매운맛 오름이
제풀에 지쳐 찬 서리에
목을 꺾을 때
우리는 비로소 푸른 하늘을 보았습니다

두꺼비의 정체

어느 날 아침
뜨거운 물로 기름기 있는 그릇을 씻고 난
어머니는 대야에 든 기멍물을 버리려고
정지문 바로 뒤에 있는 담장가로 가셨다
쉬이 물러가라
물러가라
물러가라
세 번을 말씀하시자
때마침 수챗구멍을 지나가던 두꺼비 한 마리
화들짝 놀라 담장높이만큼 폴짝 뛰어올랐다
거기 담장 옆에 서 있는 감나무 가지 위에
풀썩 주저앉는가 싶었는데
어느 사이 뚜벅뚜벅 걸어간 잎새 뒤에
바짝 엎드려 눈을 껌벅거리며
놀란 가슴을 진정시키고 있었다
세상에!
나는 못 볼 걸 보다가 들킨 사람처럼
가슴이 마구 뛰었다

인간의 말을 알아듣는
두꺼비의 정체를 알아보려고
며칠 동안 잠복을 해서 살펴보았지만
다시는 그놈을 만나지 못했다
끝내 미심쩍었던 그때의 상황이
끝끝내 눈에 밟혀
어머니에게 물어 보려고 미루고
미루다가 때를 놓치고 말았다

어촌의 오후, 70×60cm

뻔득재 더굿

그렁께, 전생에서 있었던 이야긴갑네
좌우당간에 한 동네에 한 오십 호씩
신산 덕산 후산이라는 세 동네가 있었는디
오씨 집성촌이었어
정월 대보름이면 굿을 쳤는디
쌈박질을 해야 풍년이 든다고 안 헌가
그 속설은 내팽개치더라도
도나 개나 걸이나 한바탕 얼크러져서 난리들이 났지
북은 쿵쿵대며 하늘을 잡았다 놓았다 허지
장고는 말발굽 소리를 내며 달그락거리지
징은 시나브로 소 울음소리를 내며 가슴팍을 휘저어 놓지
신끼로 달아오른 꽹과리까지
막걸리 한 사발 거나하게 퍼마시더니
맞다가 두들기다가 초라니처럼 방정맞게 염병을 떨드라고
그때 하늘 땅 사람이 한덩어리가 되불드란 말이시
가락이 익어갈수록 야단법석이 나는디
사는 것이 노는 것이고 노는 것이 일허는 것이라는
사람들의 몸과 마음에서
하늘과 땅 소리가 저절로 춤빨이 되어 터져나오드랑께

풍년을 노래하나는 농악, 60×72cm

그 바람에 풍물이 숨넘어가게 자지러짐시로
하늘에 걸려 있는 달이 흔들거리더라고!
참말로 지 마음 내키는 대로 흔들거렸어
마당판이 동께 세상도 빙글빙글 돌아가더라고

싸가지 없는 인생도 덩달아 지나가 불데

학

이게 얼마 만입니까
그날 슬픈 집 한 채를 남기고
온기마저 꽃수레에 싣고 범바위 골로 넘어가셨지요
그 정을 못 잊어 내 몸 속에 사나운 바람만 불더니
하늘꽃으로 뒤덮인 돌문을 열고
무슨 주문을 외우고 오셨습니까
흰빛 날개를 접은 당신은
내가 죽어서도 보고 싶은
우리 어머니입니다

당신의 몸 속에 들어가
사랑이라는 이름으로 다시 태어나신

제삿날

어머니 오실까 봐
대문 활짝 열어 놓고
놋대접 소복소복 쌀 한 사발
담아 놓았다
저승 간 우리 어머니
무슨 자국 남기실까

첫 새벽 산소 가니
풀꽃들 속눈썹에
맺혀 있는 이슬방울 울 엄니
눈물일까
촉촉이 젖은 발길이
떨어지지 않는다

일 년에 한 번 오시는
그날을 손꼽아도
오신 듯 안 오신 듯 뒷모습
그 그림자
한숨 진 치맛자락만
안개 속에 어린다

풍란

살 수도 죽을 수도 없다
한세상 바람으로 떠돌다 여기 벼랑 위에 뿌리를 내린다
여기서는 뻗득재로 가는 길이 보인다
마음이 앞선다고 이르지 못하는 뻗득재
구름 한 점 팽나무 가지 위에 앉았다 쉬어 가는
억새꽃 희디희게 흔들어 대며
소 몰던 산등성이 잊지 말라고
외치던 반가운 목소리가 들린다
찬바람 불어대던 막다른 골목 산장에는
"내 새끼냐?"
어머니 대신 문을 열어제치는 오빠가 보인다
대처에 나가 뿌리도 못 내리고 떠도는 피붙이를 기다리며
산밭을 일구어 그리움 심어 놓은
육남매 장남인 우리 오빠
먼저 간 어머니께 속죄하는 모습이 보인다
마지막 남은 힘을 가슴 한가운데로 모아
시린 옆구리에 가지를 쳐서
멀리 향기를 꽃 피우려고

살 수도 죽을 수도 없는 뿌리를 절벽 위에다 내린다

소를 키우는 아이들, 55×60cm

지리산 가는 길

칼 든 산 도둑 같은 고사목
불현듯 나타나서
한 발 앞서 걷는다

그리움으로 가슴에 퍼런 멍이 들고
진실한 것들이 난장을 틀고 되살아난
구례군 간전면 흥대리 외갓집을 지나
연곡사에서 피아골을 오르다가
샛길로 빠져서 한적한 산길 꺾어들면
산이 달아오르고
풀향기가 숨길을 막고 있는 곳
출렁다리를 건너가면
풍류로 다져진 힘까지 풀어 버리는 원시림
다람쥐처럼 오르락내리락
그네를 타며
걸어도 자꾸 걸어도 길은 끝나지 않고
풀과 돌과 바람
후덥지근한 햇볕
아무 걱정도 없이 냇물과 함께 살고 있는

고로쇠나무 아픈 몸짓이 길을 막는

당신은 누구신가

해거름 지나서 들길을 간다
내 속에서 밀고 올라온
어린 날들이 나래비로 서 있다
그 길 위로 나는 걸어갈 뿐인데
왜 이리 허기가 지는지
아득한지
목울대가 뜨거워지는지
이 길이 처음부터 내 길이었다는 듯이
남루한 기억 속을
더듬어 가고 있다

그리움을 그리움으로 감춰 놓은

산골 마을의 추억, 70×70cm

산소 앞에서

동그란 젖가슴 찾아가는 날은
종일토록 비가 내린다
산발한 여인처럼 바람이 부는 날은
떠나간 부모님 더욱 그립다
비가 그친 뒤 아파트 모서리엔
가느다란 눈물꽃 실뿌리 내리고
평생토록 불어대던 바람도
날만 새면 절벽 앞에 서 있다
해거름 될 때까지 따라온 비는
젖가슴 위에 얼굴을 파묻고
야윈 어깨를 들썩이고 있다
실패한 삶이 더 아름답다고 해도
부모님 떠나지 않았더라면
얼마나 많은 피 그 가슴에 흘렸을까
따라온 비는 뿌리가 되고
절벽 앞에선 바람은 풀잎이 되어
오늘 하루만이라도 잠들고 싶다

어머니 아버지 한가운데서

3. 강강술래

쑥국새가 되어

우리 마을 부지런한
세탁소 아저씨

문 앞에 와서 세탁 세탁하며 새벽을 깨웠다
어제의 구겨진 마음을 반듯하게 다려 왔다고
생각을 헹구지 않으면 마음에 어룽이 진다고
오늘 하루도 때묻지 않게 주의하라고
하늘 높이 목청을 들어올리던 아저씨
어느 날 느닷없이
하늘로 날아가 버렸다

아침부터 쑥국새
앞산에서 울고 있는데
내 귀에는 세탁 세탁하던
세탁소 아저씨 목소리로 들린다

이제 때묻은 마음을
누가 세탁해 줄까

새, 45.5×55cm

낮잠이 극락이다, 70×50cm

풍뎅이는 자꾸 졸립다

후덥지근한 바람이 돌연히 일어난다
심줄 돋은 소나기 한 줄금
세상 끝을 유유히
지나가고 있다

낙숫물에 비켜 앉은 풍뎅이 한 마리
눈을 반개하고
하나 둘
셈질이다

하늘 끝자락에서
검은 머리 짐승들의 구성진 가락이
얼 ~ 쑤 상사디야
무지개로 피어난다

미끌미끌한 풍뎅이 등짝에
얼굴 비치는 하늘이 졸고 있다

몸으로 울더라

-가로수에게-

여물지 못한 뿌리로 대처에 붙잡혀 와
천참만참 사지가 잘리고
망연자실 남쪽을 보고 있었구나
울지 말자
살아가는 것은 모두가 상처다
가슴이 시리도록 외로움을 견디는 일이다
바람이 불면 몸체로 흔들리다가
비가 오면 들키지 않게 눈물을 쏟아 버리자
속을 하얗게 비워 버린 낮달이 우리를 쳐다본다
가끔은 연잎도 눈물을 흘리더라
새들도 노래를 부르고 냇물도 소리를 내더라

나무도 몸으로 울더라

밭갈이, 65×53cm

구원과 영광, 69×100cm

나는 지금 잠 속에 갇혀 있다

어둠을 좋아하는 사람
어둠 속에서 자유로운 사람
어두워야 생존을 확인하는 사람이
한 시절 반짝이고 싶어
하늘로 올라간다
푸른 용을 타고 가다가 흰 호랑이로 바꿔 타고
가까스로 먼 별에게 간다
저 무량한 꿈 속에서는
바람이 불지 않는다
초목들도 평생의 허물을
묻지 않는다
다만 눈뜨면 사라질 별들만큼이나
예민한 떨림이 있을 뿐이다
본래부터 태어난 고향이 있을 뿐이다
목숨이여!
나는 지금 잠 속에 갇혀 있다
하늘 가는 길에서
허공에 뜬 돌이 될지라도
오래지 않아 이 길이 아예
사라질지라도

농자천하지대본

저녁밥을 먹으며
텔레비전 화면을 본다
엄마소도 얼룩소 엄마를 닮은
멸종 위기에 놓여 있는
우리나라 송아지가 보인다
이상한 뼛조각과 다이옥신이
여러 차례 밥상을 자극하고 있다
대형 마트 앞에서 플래카드와 피켓이
한 목소리로 시위를 한다
비양심 행위를 비난하는 광경
그 모습들
우두커니 지켜보다가
시레기국 그릇에 숟가락을 집어 넣는다
얼씨구!
그 속에서 농부들이 플래카드를 앞세우고
농악놀이를 하고 있다

농자천하지대본
農者天下地大本

김장 담그기, 60×72cm

날마다 고향으로 간다

온몸을 물에서 건져 놓은 것처럼 신열에 들떠 있다
관하나 놓으면 딱 알맞을
햇빛 한 올 새어 들어오지 않은 단칸방에서
봄처럼 누워 목숨을 부지하고 있다
얼마나 아프다가 꽃을 피워 낼 것인가
날마다 사랑만 받다가
사랑하는 사람들이 하나둘 이승에서 사라질 때마다
끈 떨어진 연이 되어 목숨을 부지하고 있다
악아! 독하게 키워 주지 못해서 미안하다
어머니가 남겨 두고 가신 이 한 마디가
금풍생이 가시처럼 목구멍에 걸려 있어
나는 지구가 멸망할 때까지 살아남기 위해
모처럼 온몸을 일으켜 기지개를 켠다
생애 첫봄이라고 체면을 걸어 놓고
응애응애 두 번의 울음을 운 다음
네발 달린 짐승이 되어 배냇힘을 다해
땅바닥에 엎드려 초록빛 독기를 빨아대고 있다

날마다 고향으로 가고 있다

어머니의 품, 37×47cm

그때는 몰랐다

그들은 지금도 구천을 떠돌고 있을까
몸 따로 마음 따로 산야를 헤매며
살고 싶은 시간을 찾고 있을까

풍뎅아 그리고 딱정벌레들아
철이 없다는 핑계 하나로
너희들의 목을 비틀고 말았다

사랑에 대하여 목숨에 대하여 뜨거운 눈물에 대해서도
수많은 밤을 되새김질한다마는
그때의 죄악에서 벗어나지 못한 채
잠 못 드는 밤을 혼자서 떨고 있다

해가 질 무렵이면
참나무에 날아와 노을빛 단꿈을 꾸고들 있을 때
우악스러운 손아귀로 너희들을 덮쳤다
모감지를 비틀고 팔다리를 떼어내고 땅바닥에 거꾸로
내동댕이쳐 놓고

돌아라 돌아라 앞집에 손님 왔다 마당 쓸어라
뒷집에 손님 왔다 골목 쓸어라
손바닥으로 한 번 울림 짱을 놓으면

천마의 꿈, 67×54100cm

땅바닥을 쓸면서 뱅뱅뱅 소리치며 분망히 맴을 돌던
너희들의 그 날갯짓이
아픔인 줄 몰랐다

결과뿐인 죽음을

꽃(부분도)

할미꽃

어느 떠돌이가 나를 찾아왔다
나와 똑같은 기이한 병을 앓고 있는 이를
만났다는 것이다
한사코
확인을 해야 한다고 조르는 통에
발목을 붙잡고 늘어지는 한숨과 함께
마지못해 길을 나서기로 했다
우주에서 가장 외진 곳에 있는 무덤 앞에서
그의 눈빛과
마주친 찰나
내 안에서 굿을 쳤다
젊은 나이에 백발을 하고
자줏빛 비로도 망토를 입고
어서 오라!
할미꽃이 나를 반겨 준다

꽃아!
네가 나냐
내가 너냐

죽어서 꽃으로 피어난 나의 넋이여!

광양만

남쪽 하늘 끝자락에서
피멍이 든 노을이 떨어진다
고향 바다는 아직
목숨은 부지하고 있을까

심장 한가운데 쇠말뚝이 박혀 있고
왼팔 오른팔 잘려져 나가고
상처로 난도질을 당한 처참한 모습을 보며
교회의 종소리는 날마다 울고 있겠지

손발은 고사하고
말까지 잃어버린 바다야
바람도 널 찾아가서 자지러졌다고 하더구나!
별들이라도 네 머리 위에서 반짝여 주면 좋겠다

교회 종소리, 45×55cm

사랑의 이야기, 55×55cm

돌쩌귀에 앉아

돌쩌귀에 앉아 마당을 내려다본다
아주 오래 전 일들이 눈 안에 들어와 있다
거대한 하늘이 경중경중 뛰어놀고
장꼬방 항아리는 거꾸로 서 있다

나의 어린 시절이
주마등처럼 지나간다

그리운 사람들은 다 어디로 갔는가
마당 한가운데서 자리를 잡은
연못 속에서는 모두가
잠잠하다

내가 나에게 말을 한다
돌쩌귀만 듣고 있을

오월에

-5. 18 광주민주항쟁 영령들의 명복을 빌며-

살점이듯 목단꽃이 떨어지는 날
수를 놓는다

다홍색 비단바탕에
금실 은실로 짜놓은
길을 따라나서면
가슴속 함성이 저절로 가라앉는다

뉴스를 감추며
신문이 발행된
양철지붕 같은 그 날의 함성이
총알 튀는 소리를 내며 환청으로 들려온다

세상은 아득해서
남으로 난 허공 속에
날아갈 방향을 묻어 놓은
나비가 울고 있다

봄, 55×65cm

어미봉 새끼봉
연꽃 같은 동지까지 함께 새겨서
멀리 하늘 가는 밝은 길을
밝히고 있다

정작 삼가야 한다

-대대포구에서-

삶이 있어 죽음이 필연적인 것처럼
떠나지 않을 것 같았던 것들과의 헤어짐을
경험해 본 사람은 안다
분노하고 미워하고 아파하고 슬퍼하고
절망을 한 뒤에야 겨우 수용을 한다
받아들이는 것은 이상 없음이나
괜찮다고 느끼는 것이 아니라
살아 있기 때문에
모두가 사랑이었다는 것을
스스로 깨닫게 된 것이다

사람들아, 속창시도 없이 강인한 척 바람과
맞서고 있는 저 갈대를 보았거든
쏟아내야 할 눈물이 다 빠져 나오기도 전에
억지로 울음을 참는 일은

귀로,부분도

팽이치기, 70×70cm

안개산에 가면 상여집이 있다

무덤 앞에 서 있는 망부석과
그 옆에 앉아 있는 간지름나무를 경계선으로
면과 면이 나누어져 있다
집 한 채 빼뚜름하게 돌아앉아 있다
장다리 새터부락이 생기기 이전부터
곰섬, 밤섬, 까치섬이 총총히 발을 엮어
서까래를 받치고 있는데
수수깡 지릅대 싸리나무를
겹대가리도 없이 밀어내고
한 주먹 될까말까 한 섬들이
흙이 빠져 나가지 못하도록
보통의 무게를 그런대로 견디고 있다

강강술래

술래가 돈다 술래가 돌아

강강술래를 하기 위해서는
시간을 여의어야 한다
운명으로 정해져 있어야 한다
억새꽃은 잔광에 음덕을 비추이고
쟁기로 그리움을 뒤엎은 자리에는
구구절절 갈꽃이 피어나야 한다

역사야! 남해 앞바다에 보름달이 뜨면
나는 하늘 한가운데 집을 지으련다
베틀 놓고 잉아 걸고 별은 따다 무늬 놓고
살아서 한세상 못 보고 간 그들을 위해
전라도 사투리로
흰 베옷을 지으련다

너는 사육신과 생육신을
모두 불러모아라
정지문 하가운데서
보름달이 형형해질 때까지
나는 그들과 함께 원을 그리며
노래를 부르리라
역사 너는 훨훨 춤을 추어라

파도야 파도야, 62×74cm

아라지 방죽

허공 중에 있는 것이 정정한 물 위에 비친다
빈 꿈을 헤매다 살아서 움직인다
파닥거리며 오고 있는 것은 너의 날개다
찰랑 고요를 깨뜨린다
슬픔이 일어난다
새야! 초로에 들어선
너의 높은 울음소리 매달려
나는 잠들지 못한다
가슴속 깊숙이 수심을 묻어 놓고
비잠주목을 하는 한 마리 새가 되어
수면을 흔들고 있다

죽어서도 살고 싶은

더 늦기 전에

바다는 말했다

바깥세상이 가르쳐 준 모든 것
모래밭에 묻어 버리라고

남새밭 어우러져 뒹구는 강아지
두엄 속 헤집는 어미닭과 병아리
꿈에도 못 잊는
흙 냄새 미역 냄새
정 붙이고 가난하게 살아가라고

물 건너와
가슴에 찍어 논 발자국들
세련된 얼굴
다듬어진 말들
그 무생명의 허울

모두 잊어버리고
더 늦기 전에
돌아와야 한다고
내 고향 바다는 말했다

향촌의 만추, 69×136m

귀향

구시월 남쪽 바다
천릿길을 내달린다
노루섬 가는 길은
뭍길 천리 뱃길 백리
눈앞에 고향 마을이
꿈 속이듯 아른댄다

굽이쳐 떠나온 길 밤길이 칠흑인데
지리산 구례 화엄사 여수 오동도까지
전라선 야간열차는 눈감고도 잘 달린다

먼동이 터오나 보다
부스스한 창가에
조을던 사투리들
눈 비비고 일어나
낯익은 변죽가락이
그냥 살에 감긴다

연어는 무엇으로
제 고향을 기억할까
어려서 떠났던 강 아스므레 슬픈 더듬이로
수만 리 바닷길 돌아 모천에 와 잠든다

4. 빨간 자전거

쇠코잠뱅이

사람 냄새가 그립다
현관에는 서로 마음을 달리한 신발 한 켤레 놓여져 있다
빌딩 숲 속 소나기가 지나간 후렴으로
낙숫물이 떨어진다
창문 쪽으로 몸을 두고 유리창을 내다본다
호롱불이 보이고 평상에 둘러앉아 김이 모락모락 난
호박잎 한 쪽에다 알람미 보리밥 아구아구 퍼먹던
어린 시절이 보이고
도란도란 남의 일이 되어 버린 것 같은 날들도 보인다
넝마처럼 꿈 속에 갇혀
다른 생각 속으로 들어가지 못하는 것이
회색빛 뜨거운 열정인 줄 몰랐다

빗속에 숨어 비를 맞고 떨어지는

감서리, 60×60cm

지붕잇기, 80×130cm

아버지의 가을

여냇골 열 마지기 논에 벼이삭이 금빛으로 익으면
아버지는 논둑길을 뒷짐지고 걷는다
"오메 오져라!"
말씀은 없으셔도
여름에 흘린 땀방울들이
육남매 학비도 되고
혼숫감도 되고
쌀가마니로 쌓여
방아깨비 잡던
어린 시절로 돌아간다
방아깨비 뒷다리 잡고
끄덕끄덕 디딜방아를 찧던 나락들이
노르르또르르 금싸라기로 구르던
아버지의 가을이 깨금발로 뛰어가고 있다

농부

거름이 되어야 한다
보잘것없는 꽃이라도 피워 내야 한다
하늘을 보며 머리를 조아려야 한다
땅을 보고 허리를 굽혀야 한다
속이 까맣게 타 들어가야 한다
사방에다가 귀를 기울어야 한다
혼자서 외로움을 삭여야 한다
생각을 하얗게 비워 내야 한다
폭풍 아래서 납작 엎드려야 한다
열매가 열면 숨을 있는 대로 죽이고
벌레처럼 땅을 기어다녀야 한다
흙을 닮은 마음이어야 한다

밤이나 낮이나 논밭에 가 있는

농부, 39×47cm

아버지

가을과 겨울
그 사이에서
화사하게 계절을 수놓은 꽃단풍
나를 잡아당긴다
하얀 무서리가
밤 새워 채워 주고
비도 한두 차례 거두어 주더니
꽃이랑 잎이랑 나뭇가지에
알알이 박힌 얼음 알갱이들
햇살에 부서지며
세상을 불 밝혀 놓고
총총히 길을 가신 아버지가 된다
아버지!
어떤 정성을 다 바치셨기에
천 개의 눈마다 빛을 달고 나와
천지간 천지지간
반짝거리고 계십니까
꽃을 피우고 계십니까

시간

간다
시간이 간다
시간 속에서 아버지가 간다
어머니가 간다
바다가 닳아서 하늘로 올라간다

시간은 한숨이다
눈물이다
슬픔의 뿌리다
그가 지나간 자리들은
게 껍데기처럼 피골이 상접하다

시간에 맞추어 기차는 떠나고
시간에 쫓기어 버스도 사라진다
전동차는 쉬임없이 사람들을 실어 나른다
시간을 여읜 사람들은
다시는 돌아오지 않는다

그들을 닮은 아이들만 울면서 태어나고

밤을 따는 아버지

아버지가 밤나무에 올라 쏟아지는 햇빛 속에서 밤을 털고 계신다 아슬아슬하게 밤나무 가지 끝을 옮겨 다니며 장대를 휘두른다 아래서 쳐다보니 저승과 아버지는 무척 가까워 보인다 아버지의 일생이 금방 장대를 타고 하늘로 오를 것만 같다 아버지가 웃는다 아버지의 틀니 속에서 새로 나온 웃음이 가을빛을 건너 바래질 대로 바래져서 내 삶 속을 파고든다 못 본 채 지나가는 바람 한 점

아버지는 밤나무 가지를 흔들어 대다가 가지에서 가지 끝까지 훌렁 타고 넘은 혼불이 된다 후두둑 후두두둑 웅성거리는 소리가 발밑에서 들린다 아버지의 하루해가 끝났다 아버지가 털어 놓은 밤송이들이 어둠 속에서 가시를 세우고 있다

이발사, 56×68cm

뻔득재 올라서서

꼬막껍질처럼 엎드린
고향 마을 굽어보니
왁자지껄 복사꽃 핀
유년의 날이 그립다
바닷가 모래사장
푸른 파도 한 자락이
어머니 품속인 양
펄럭이며 달려온다
동생과 단둘이
실개천 따라 걷던 길을
석양이 뉘엿뉘엿 앞장서는데
저녁 연기 자욱한 전라도 사투리로
아버지 헛기침 소리가
대문 밖 마중을 나온다

고목 아래서, 60×60cm

도라지꽃이 피기까지는

도라지는 장마철에 파종을 해야
뿌리를 잘 내린다고
농사짓는 아버지가 병실에서
말씀해 주셨습니다
뜨거운 여름 없이는 아름다운 꽃을
피울 수가 없기 때문입니다
캄캄한 먹구름을 이겨 내야 합니다
세찬 비바람에 흔들려야 합니다
온몸으로 울어야 합니다
꽃도 필 때가 있는 것처럼
사람도 죽을 때가 있는 것일까요
도라지꽃이 피기까지는
고통의 시간이 필요하고
먼 길 떠나는 차비를 하고 계신 아버지는
사랑할 시간이 필요합니다
저 하늘에 빛나는 자줏빛 노을처럼
아버지의 마지막 가는 길이
밝고 환했으면 좋겠습니다
도라지꽃빛이었으면 좋겠습니다

태양조의 찬가, 70×110cm

혼례굿

그렇게 살았다 뻗득재에서

장작불이 타오르면 잔치 집 굴뚝에서는
맛있는 연기가 저물도록 피어오르고
마당 한쪽에서는 막걸리가 풀어지고
사람들의 안달이 목까지 차오른다
꽹과리가 소리를 열면 징이 달아오르고
장고가 바람을 잡으면
북이 춤을 춘다

삼현육각을 앞세우고 신행 채비를 한 신랑님께서 흑공단 망건에 사모를 정중히 받혀 쓰시고 명주 바지에 저고리를 입으시고 화초단 허리띠에 댄님을 매시고 홍단령 도포를 입어 관대를 졸라매시고 검은색 목화 신을 신으시고 뚜껑 없는 가마에 높이 앉아 자못 그림책에 나오는 양반의 폼으로 마을 어귀를 들어서신 후 고개높이 들어 좌우를 살펴보신다. 문중 제각 상하 채가 솟을 대문을 세워 놓고 마을 초입에 떡 버티고 서 있다 마을 뒤쪽에는 수암산이 황새봉에서 앵무봉까지 펼쳐놓은 산수화 그대로고 마을 좌측으로는 후산마을 우측으로는 덕산마을이 있다 그 한가운데 안성맞춤으로 자리 잡은 신산 마을 안에서 다시 웃뜸과 가운뎃뜸 아랫뜸으로 나누어지고 새끼까지 쳐서 뒷뜸으로 이 일대는 전부 해주 오씨 일색이다. 신랑님 앞장을 선 날라리소리의 재촉을 받아 대문을 들어서시니

길일, 63.5×75.5cm

혼례, 69.5×100.52cm

신랑을 향한 콩 폭죽이
별빛처럼 쏟아지고
살구꽃 웃음들이
초례청으로 몰려든다
신랑 동향입
신부 추우울

그때야 안방에서 대반각시 부축 받아 신부님이 나오신다 꾸밈새를 살펴보니
팔은 높이 올려 한삼으로 얼굴을 가리시고 원삼으로 손을 가려 활옷을 위
에 입으셨다 다홍색 비단위에 장수와 길복이 다 그려져 있다 바위에 물결치

고 불로초 앉아 있고 어미봉 새끼봉 연꽃 모란에 호랑나비 동자 등의 문양
에다 이성지합백복지원(二性之合百福之源)수여산 부여해(壽如山富如海)
글씨가 수놓아져 있다 황 청 적색의 색동 소매를 달고 박꽃 같은 얼굴에 반
달 같은 눈썹이 돋보이신다 붉게 윤기 나는 입술에 수줍음을 머금은 눈 세
수 곱게 단장 허시고 뽀얗게 분바르시고 연지 곤지 찍어 붙이시고 삼단 같
은 머리채는 용허리로 슬슬 벗겨 기름으로 잠재우셨다 명주 웃저고리 노방
주 치마우에 양단 허리띠는 맵시 있게 졸라매시고 흰 버선 외씨 발에 신으
시고 머리 우에 화려한 꽃장식 화관을 쓰시고 비녀를 꽂으셨다 어깨 양위에
도투락댕기로 앞줄을 허리까지 늘이시고 비단길을 내려 오시는디

하늘이시여! 못난 두 사람에게 앞날에 창창한 광명을 내려 주옵소서 낳아
주시고 길러 주신 부모님을 공경하고 주위의 어려운 사람들을 긍휼히 여기
는 마음을 잃지 않도록 하옵소서 특히 건강한 생활을 영위할 수 있게 도와
주옵소서 떡두꺼비 같은 아들놈이나 부용 같은 딸내미의 웃음소리가 가정
에서 떠나지 않도록 하시옵소서 오늘 이 시간에 참석하여 주신 많은 분들
과 함께 열과 성을 다하여 고하나이다 이들에게 큰 축복을 내려주옵소서
간절히 소원 하옵니다

사람 안에 하늘 있고 사람 안에 땅이 있고
사람 안에 굿이 있고 사람 안에 길이 있다
아무도 상처 낼 수 없는
상처받지 않은
우리 모두의 고향
뻗득재가 있다

나의 마을은 이제 없다

밤길 무서움을 타던 문둥이 은임이 집은 없다
풍풍 솟아나던 조개샘도 없다
경운기에 밀려 씨가 말라 버린 황소꼬리도
덕천리 논 가운데 있던 오리 둠벙도 함께 없다
다만 늙어 해수병이 든 팽나무
그 밑에 쪼그리고 앉은 마당바위만 있을 뿐
서슬 시퍼렇게 지키고 있는 갈대들
울음소리만 있을 뿐
하늘로 나 있는 길까지 뻗어 있던
나의 마을은 이제 없다

꽃동산, 87×68cm

집으로 가는 길

하루해가 지고 있다
집으로 돌아가는
아버지의 그림자가
꾸부정하다

그림자도 나이를 먹는가

굽은 등 뒤에서
마지막 숨을 토하던 노을이
돌부리에 걸려 넘어진다
아버지의 하루도 사그라진다

어둠에 묻혀
허깨비가 되어 버린 아버지
홀쭉해진 바짓가랑이 사이로
별이 돋는다

대문에 그림자가 서 있다

집으로 가는 길, 65×60cm

겨울, 46×54cm

폐가

댓돌 위에 남기고 간
흰 고무신 한 켤레
서까래에서 떨어져 내린
살점들에 짓눌려
흙으로 돌아가고 있다
하늘을 받치고 있는 기왓장도
핑계만 있으면 물이 되어
방 안으로 스며든다
틈새마다 바람도 들쑤시고 다닌다
빈 집은 그 무게를 이기지 못하고
허망하게 무너져 내릴 조짐이다
지나가던 햇살이 메마른 영혼들을
발 밑에 불러모아 불을 지른다
또드락또드락
숨죽인 울음을 울며 머리를 풀고 하늘로 올라간다

봄이 대문 틈으로 엿보다 살며시 떠나는

물수제비를 끓이다가

아궁이에 보릿대를 쑤셔 넣는다
제멋에 겨워 또닥또닥 일어나는 불꽃은
아기를 잠재우는 자상한 엄마처럼
부지깽이로 한참을 토닥거려야 한다
그래야 겨우 제몫을 해낸다
미역이 들어가 끓고 있는 물에
반죽한 밀가루를 뜯어 넣는다
보릿대가 팍팍 불똥을 싸면
그 똥가리는 가마솥으로 뛰어 들어간다
나는 언제 뜨겁게 끓어 본 적이 있었던가
가난한 마음 하나 지키기 위해
빨강과 파랑이라는 불빛을 내세워 놓고
타다가 꺼지다가
재가 되다가
뿌리도 없이 떠도는 물수제비가 된다

고추널기, 61×59cm

거미집

거미가 집을 짓는다 잘 마른 소나무에 검은 먹줄을
튕기며 검붉은 비늘을 대팻밥으로 쏟아 낸다 속살을 깎고
구멍을 뚫고 기둥과 서까래 상량나무와 마룻대 문짝과
문틀까지 마무리 해놓은 거미는 타고난 목수다

밤새 집 짓는 구경꾼을 위해 술과 과일이 차려지고
매콤하게 버무린 배추김치와 돼지머리가 준비된다
팥고물을 안친 시루떡에 김이 오르면 팥죽을 끓인다
쌀가마니 무명 모시 광목 같은 피륙도 쌓아 놓는다

상량문에는 二千一年 五月十五日亥時
(이천일년 오월십오일해시)
應天上之三光 備人間之五福
(응천상지삼광 비인간지오복)이라 쓰고
龍(용)자와 龜(구)자를 마주 대하도록 써놓는다.

서까래가 올라가면 배가 부른 구경꾼이 괭이와 삽을
들고 지게를 지고 나선다 지붕에 올릴 흙은 논흙이
제격이라 마당에다 흙단을 쌓고 작두로 짚을 썰어
맨발로 이갠 다음 지붕으로 훌쩍 올라간 흙두덩이
들이 웃고 떠들고 뒹구는 사이

이엉, 63.5×75.5cm

대궐 같은 거미집이 순식간에 만들어진다 세어 보니
틀림없는 아흔아홉 칸이다 산이 보이고 들이 보이고
호수를 끼고 돌며 보름달이 뜨는 집 거미가 서까래 밑
에 기진맥진 엎드려 있다 달빛과 함께 자세히 들여다보
니 살아온 길들이 상처투성이다

* 응천상지삼광 비인간지오복– 하늘의 해 달 별님은 감응하시어 인간에
오복을 내려주소서

민들레 홀씨처럼

떠돈다는 것
어디론가 훌쩍 떠나간다는 것은
가슴 설레는 일이다
세속의 연으로
붙박인 땅에서 훌훌 털고
몸 하나 마음 하나 떠돈다는 것은
가슴 벅찬 일이다
그 길이 내 생의 마지막 길일지라도
오일장을 떠돌며
다리 지치도록 너는 북을 쳐라
나는 노래를 부르련다
남사당패 가족처럼
장꾼들이 던져 주는 동전 몇 닢에
하루를 감격하며
한바탕 세상을
춤추며 웃어 버리자

민들레 홀씨처럼 바람 불면 바람에 발길을 맡겨
훌쩍 떠날 수 있다는 건 축복된 자유이다

추석 대목장 부분도

빨간 자전거

보리밭 누렇게 변해
종달새 떠나고
바다가 육지 되어
물고기 하늘로 올라가고
파도 소리 뱃고동 소리
다 떠나가고

살구나무 밑에서
숨바꼭질하던
천진난만한 웃음들
마당바위 밑에서
미역을 감던 무소유들
봄날이 가고 계절도 지나가고

마음을 달래 주던
온기마저
꽃수레를 타고 산을
산을 넘어가고
이 우주에
나만 남아 있다

신행 가는 길, 60×55cm

천형처럼 고향을 지키며
나만 홀로 남아 있다

풍경

산천이 아름다우면
졸음이 온다
바위 한가운데 누워
잠을 청한다
세상 모르고 아기처럼 잠만 잔다
하늘은 너른 가슴으로 포근하게 감싸주고
시냇물은 가만가만 숨죽여 흐르고
나무는 한사코 그늘을 만들어 준다
꽃은 주변에서 향기를 풍겨주고
새들도 가끔식 머물러 간다
밤밑에서 땅거미가 올라올 쯤에야
겨우 눈을 뜨고 기지개를 켠다
말이 없어도
산처럼 누워만 있어도
나는 그들과 하나가 된다

'문학'은 영혼의 등불

-나의 문학 배경, 그 뿌리를 찾아가는 길-

오 양 심

배고프다 꿈이다 바람이다 꽃이다
채워도 채워지지 않은 끝없는 이 허기
세상 속 비틀거리며 헛디뎌도 가는 길
　-시집 〈詩 서편제〉 중에서, 길1-

☞ 나의 문학적 근원이 된 유년의 기억

어려서부터 말이 없던 나는 혼자 놀기를 좋아했다. 나에게 가장 가까운 친구는 책과 자연이었다. 감나무가 있는 골짜기 바위 위에서, 바닷가 모래밭에서. 또 담쟁이넝쿨이 우거진 뒤안 멍석 위에서, 때와 장소를 가리지 않고 나는 책을 읽었다. 우체국에 다니신 아버지가 다달이 가져다 주는 월간잡지를 비롯해서 농협에서 나오는 〈새 농민〉, 〈한국 야화전집〉 같은 것까지도 빼놓지 않고 읽었다.

책읽기를 좋아한 오빠와, 항상 정갈한 한복을 입고 책상 앞에 단정히 앉아, 책을 읽으셨던. 백부님과 중부님의 학처럼 고우신 모습에서, 또 직장을 다녀오시면 어머니께 혹은 머슴들에게 하루 일과를 물으시고 곧바로 앉은뱅이책상 앞에서 글을 읽거나 쓰셨던 아버지의 모습 속에서 책 읽는 즐거움을 내 것으로 했다.

그러나 정작 내가 문학을 좋아하게 된 것은 어머니 영향이 더 컸다. 여름밤에 모깃불을 피워 놓고 멍석에 육남매를 모두 눕힌 다음 어머니는 가슴 적시는 이야기들을 해 주셨다. 이야기는 날마다 새롭고 신비로웠다. 일제강점기에 여학교를 다니셨던 어머니는 이야기 박사셨다. 동네 아낙네들과 사촌들, 그리고 아이들까지도 어머니의 재담 섞인 이야기를 들으러 우리 집으로 모여들곤 했다.

다행히 우리 뒷집에는 적지 않은 책이 있었는데 가장 반가웠던 것은 세계문학전집을 마음껏 볼 수 있었던 것이었다. 그 책을 한 권씩 빌려다가 보면서 놀란 것은, 어머니가 "옛날 옛날에 원수 집안이 살았더란다." 라고 이야기를 해주시면 그것은 틀림없는 '로미오와 줄리엣'이었다. "옛날에 옛날에"를 붙여 우리 정서에 맞게 들려주신 어머니의 이야기는 다름 아닌 세계명작 소설이었다. 그래서 책을 더 가까이했는지도 모른다.

초등학교 몇 학년 때인가 <이녹 아덴>이라는 책을 읽은 적이 있었다. 나는 그 책을 읽고, 나의 삶의 목표를 정해버린 것이 아닌가 싶다. 이를테면 나도 언젠가는 글 속의 주인공처럼 참고, 견디며, 양보하고, 기다리며, 가슴도 아프며, 세상에서 가장 슬픈 사랑을 해보고 싶었고, 많은 사람들을 감동시키는 아름다운 글을 써야겠다는 꿈이, 아직 나오지 않은 송아지의 뿔처럼 마음 깊은 곳에서 여물어 갔다.

또 잊지 못할 추억이 있는데, 우리 고향에는 오씨만 세 동네가 모여서 산다. 내가 태어난 동네가 신산이다. 양옆으로 덕산과 후산이 있다. 오씨 집성촌을 이룬 동네가 바다를 내려다보고 있다. 동네 뒤로 병풍처럼 산이 둘러져 있는데 아이들이 학교에서 돌아오면 자기 집 소를 몰고 뻗득재로 올라가는 것이었다. 소에게 풀을 먹이기 위해서였다. 그때만 해도 소를 중히 여기던 시절이라 집집마다 소를 키우고 있었다.

수많은 소와 그 소의 숫자만큼 많은 사람들이 어우러져 장관을 이루었던 뻗득재는 고목진 팽나무 한 그루가 우람하게 서 있고, 마당바위가 그 밑에 엎드려 있었다. 모여든 소들이 한 이백 마리, 또 소고삐를 잡고 동생들을 데리고 온 아이들이 또 삼백여 명, 거기에다 머슴들까지 합하면 어찌 되었겠는가?

소들은 마음껏 풀을 뜯고, 아이들은 송사리와 가재를 잡고, 머슴들은 꼴을 베고, 나는 어김없이 책을 읽었다. 아이들이 곧잘 바위를 무대삼아 노래자랑도 했는데 학교 노래보다는 남도민요나 판소리를 더 잘 불렀다. 지금은 소들과 사람들은 모두 떠나고, 오빠만 줄기차게 뻗득재를 지키면서 동기간들을 기다리고 있다. 그 뻗득재는 소들과 사람들이 하나가 되어 지상낙원으로 살아온 내 삶의 영원한 모천이 되고 있다.

우리 집에는 마당이 두 개 있었다. 사랑채가 딸린 웃마당에서는 약장수굿을 자주 했다. 분장을 하고, 판소리와 육자배기를 불렀다. 민요도 부르고 창극도 했다. 막간을 이용해서 약을 팔았는데, 언제부턴가 약장수가 왔다간 뒤로 우리 집은 마음 편할 날이 별로 없었다. 언니가 매번 그들을 따라 도망을 가버렸기 때문이었다. 부모님이 걱정을 할까봐 편지는 꼭 왔는데, 나는 그 주소를 가지고 주말이 되면 언니를 찾아 나서야 했다. 그 일을 계기로 언니는 지금 국악인이 되어 자기가 하고 싶은 일을 하게 되었으니, 어렸을 때의 어떤 동기들이 일생에 크게 작용한다는 것을 알 수 있다.

사랑채에는 낯선 사람들이 자주 들락거렸다. 야매 치과의사, 전쟁 고아, 사상범, 키 만드는 사람, 우산 고치는 사람, 고무신 꿰매는 사람, 방물장수, 보따리장사, 동냥아치, 상이군인, 심지어 나병환자까지 별의별 사람들이 다 머무르고 갔다.

매사에 인정이 많고 후덕했던 어머니였지만, 그때 나의 소원은 식구끼리 함께 밥 먹고, 잠을 자보는 것이었다. 밥때가 되면 어김없이 찾아오는 그들에게 먹던 밥을 나누어 주는 일은 그렇다 치더라도, 조용히 책을 읽고 싶어도 낯선 사람들이 들락날락하니 신경이 쓰여 마음이 편치 않았다. 이기적인 마음이 일어날 때 마다 교회의 종소리는 양심의 가책을 느끼게 했다.

신산 바닷가에 작은 교회가 하나 있었다. 가끔 애양원(나병환자수용소)이 있는 큰 교회에서 목사님이 설교를 나오셨다. 미국에서 온 선교사들도 왔었는데 그들과 함께 온 아이들이 특송을 하고, 피아노·기타·바이올린·첼로 등으로 합주를 한 모습이 보기가 좋았다.

나는 어린 동생 셋을 데리고 교회를 다녔다. 막냇동생이 보채면 교회 밖으로 업고 나와 유리창 너머로 예배를 보곤 했다. 어떤 때는 동생이 내 등에 오줌을 싸는 때도 있었다. 그런 때는 교회 안으로 들어가지도 못하고 그냥 집으로 오는 것이었다. 나는 성경책을 구약과 신약을 다 외워서 1등상을 탄 적도 있었다. 지금도 기도는 한 마디도 못하면서 어려움이 있을 때마다 하나님부터 찾곤 한다.

초등학교 6학년 때 일이다. 학교 산밭에서 고구마를 캐는데 아이들이 모두 힘을 합쳐야 했다. 나는 일하기가 싫어 언덕 밑에 숨어서 책을 읽었는데, 아마 <플루타크 영웅전>을 읽은 것 같다. 담임 선생님은 지금 여수시장을 하고 있는 현섭이 오빠의 형인 병섭이 오빠였다. 나하고는 육촌간이지만 동기간이나 다름없이 지낸 사이였다. 동생인 내가 보이지 않자 교실로 운동장으로 화장실로 찾아다니다가 나를 발견한 것이었다.

병섭이 오빠는 화를 버럭 내며 아이들이 있는 밭으로 끌고 가서 괭이자루로 엉덩이를 마구 때렸다. 잘못했다고 빌 때까지 때린다고 했는데, 나는 그 말을 못하고 기어이 땅바닥에 꼬꾸라지고 말았다. 무명 속옷에 피가 배어 나왔다. 그 후 나는 한참 동안 열이 심하게 나고, 헛소리를 해서 학교에 갈수가 없었다.

어머니는 어린 것 엉덩이를 짓이겨 놓은 조카가 "사람도 아니다"며 속상해하셨다. 여자가 고집이 세면 이 지경이 된다고 안쓰러워 하시면서도 고집은 곧 자존심이니까 잘 간직해야 한다고도 하셨다.

둘째 딸인 나를 시집도 못 보내고 돌아가신 어머니는 본시 말이 없는 나 때문에 속을 많이 상해하셨다. 어릴 때부터 혼자 놀기를 좋아한 나는 몸이 약한데다가 울보였다. 그래서 어머니의 사랑을 독차지했는지도 모른다.

그때 나는 워낙 말이 없던 성격이라 아버지께 돈을 달라고 당당하게 말해본적이 별로 없었다. 다른 형제들은 돈의 용처를 속이면서까지 용돈 아닌 용돈까지 잘도 타 쓰는데, 나는 매일 반복되는 차비조차도 선뜻 타지를 못했다. 마루 끝에 서 있는 기둥을 잡고 맴돌고 있으면 보다 못한 올케나 어머니가 돈을 타주시곤 했는데, 그때마다 아버지는 "스스로 타게 내버려 두라."고 역정을 내셨다.

납부금도 마찬가지였다. 납부금 미납자로 칠판에 이름이 오르고 교무실에 몇 번씩이나 불려 가도 납부금 달라는 말을 하지 않았다. 알아서 주시면 서무실에 갔다 내고, 아니면 아버지께서 직접 학교까지 오셔서 내주신 것이 다반사였다. 예나 지금이나 돈에 대하여 낯설기는 마찬가지이니 타고난 태생은 어쩔 수가 없나 보다.

중·고등학교는 고향에 있는 학교에 다녔는데, 우리 마을에서 한 시오 리쯤 떨어져있었다. 기차와 버스통학을 번갈아 했다. 학교까지 기차 네일을 밟고 걸었던 친구들, 끝도 갓도 보이지 않은 신작로, 철마다 색을 달리한 풍광들, 여름날의 뜨거운 상석, 감나무 골짜기, 모래밭, 파도, 선착장, 돛단배, 바다에서 본 일출과 일몰, 그리고 별밤, 탄생, 혼례, 어머니와 아버지의 죽음, 이런 것들이 동화 속에 나오는 꿈의 나라처럼 내 의식 속에 깊이 깔려 문학의 뿌리가 되어가고 있다.

> 신산 앞바다에/파도로 밀려와/흰 거품으로 자지러질 때마다
> 나는 짐승처럼 꺽꺽이었다
> 뭍의 길이 끝난/그날부터/ 낡해에 묻힌 바닷길/그 길을 몰라
> 갯가에 주저앉았다
> 둘째 딸 시집도 못 보내고/만장 앞세워 혼자 떠나신/어머니의 상여 뒤에
> 바다는 그저 비어 있었다
> 이제 그 바다/어머니의 길이 되어/밤이면 내게 와서

파도로 부서진다

-詩. 만장-

☞ 유년(천진)에 귀의

시간이 흘러 <이녹 아덴>이라는 책을 한 번 더 보고 싶었지만 긴가민가하게 어느 꿈 속에서 만난 것처럼 다시는 그 책을 볼 수가 없었다. 그러다가 내가 시 쓰는 사람이 되어 어느 잡지사를 찾아갔을 때, 한 권의 책을 선물받게 되었다. <에반젤리 이녹 아덴>이라는 제목 밑에 '롱펠로 테니슨지음' 이라고 적혀 있었다.

내가 애타게 찾고 있었던 그 산문집은 아니었지만 시로 번역해 놓은 글들을 대하니, 그 옛날 아무 걱정도 없이 혼자 놀고, 혼자 웃고, 놀라고 삐치고, 하얗게 빛을 냈던 눈물 같은 곳, 자유롭고 따뜻했던 고향의 품에 다시 돌아가 배냇짓을 하고 싶은 그리움으로 뭉클 다가왔다.

벌써 20여 년 가깝게 국어, 논술을 가르치는 강사가 되었다. 어떻게 하면 내가 누린 자연의 풍광을 도시 아이들에게 나누어 주고 보여줄 것인가로 많이 고민했다. 좋은 책을 읽게 해도 직접 피부로 느끼지 못하는 것 같았다. 아버지에게 도움을 청했다. 계절마다 편지를 주고받게 했다.

또 어떤 때는 아버지와 전화 통화를 하게 해서 그곳의 풍광을 알 수 있게도 했다. 아버지가 써서 엮어 주신 '삼강오륜'과 퇴계 선생의 '궁장가'를 일일이 복사해서 가르쳤다. '가족문학'을 만들어 아이들에게 견본으로 보여주고, '가족문학' 만드는 것을 거들어 주기도 했다. 아이들이 편지 속에 가훈을 써서 보내면, 아버지가 붓글씨로 일일이 '000님 보십시요'하고 서두에 써서 보내면 아이들은 대만족을 했다.

신현득, 정채봉 선생님 등의 글을 읽고 작가에게 편지쓰기를 하게 하여 학용품 같은 선물도 받게 해주었다. 아이들이 기뻐했다. 아이들과 내가 쓴 글을 모아서 책으로 엮어 추억을 만들어 주었다. 연극, 영화, 구연동화, 각종 전시회, 야외 학습을 통해 가슴으로 느끼게 했다.

물고기도 잡아 보고, 잡초도 뽑아 보고, 농사일도 거들어 보게 하면서 내가 알고 있는 민요·판소리까지 가르쳐 주니 아이들과 내가 하나가 되고, 살아 있는 동시와 산문이 쏟아져 나왔다. 내 유년이 나를 풍성하게 했던 것처럼 아이들은 내 추억의 흑백 필름이며, 내 글쓰기의 희망이고 보람이다.

내가 태어난 곳이 바닷가라서/바다가 보고 싶을 때 찾아갈 수 있어서

어머니 묘지에서 바다를 내려다볼 수 있어서/바다에게 힘들다고 말할 수 있어서

바다에 뜬 보름달을 보며 소원을 빌 수 있어서/바다를 찾아가다 쓰러질 수 있어서

울고 싶을 때 바다가 함께 울어 줄 수 있어서/바다에서 예배당 종소리를 들을 수 있어서

모래밭에 나란히 누운 메꽃을 볼 수 있어서/물새들의 발소리를 들을 수 있어서

밤새 모래알의 이야기를 들을 수 있어서/ 해와 함께 붉은 바다를 바라볼 수 있어서

반짝거리는 햇살이 될 수 있어서/파도가 될 수 있어서/끝내는 바다가 될 수 있어서

-詩. 난 괜찮아 -

☞ **나는 누구인가? 왜 사는가.(사색의 글쓰기)**

시를 쓰겠다, 소설을 쓰겠다, 아니면 동화를 쓰겠다는 별 개념도 없이 그냥 막연히, 글이 쓰고 싶었다. <새벗> 잡지책에서 자주 신현득 선생님의 동시를 읽게 되었다. 출판사에 전화를 걸어 주소를 알게 되었다. 글을 쓰고 싶다는 내용을 장황하

게 써서 편지를 보냈다. 신현득 선생님에게서 바로 답장이 왔다. 그리고 전화도 해 주셨다. 열심히 동시를 써서 우편으로 보내라고만 하셨다. 나는 동시가 뭔지도 모르면서 글을 쓰기 시작했다.

일 주일에 한 번씩 보내 드렸는데 아마 밤낮 가리지 않고 써서 수백 통은 보냈을 것이다. 몇 달, 아니 몇 년이나 동시쓰기가 계속되어도 선생님은 "좋아지고 있다고"만 하시며 열심히 써보내라고 하셨다. 나는 글이 제대로 되어가는지도 모르면서 무조건 써서 보낼 뿐이었다.

참으로 열정적으로 글쓰기를 하고 있을 때 〈한맥문학〉에 시가 당선이 되어 세상에 나온 것이다. 그뒤 신현득 선생님께 2년간 동시·동화의 수업을 받았고, 고향 선배이신 정채봉 선생님께도 사숙하였다.

논술공부를 위하여 연세대학교 사회교육원을 다니며 논술지도사 과정을 공부하고 이화대학교 평생교육원에서 문학개론을 배웠다. 서울예술신학대 문예창작과와 대학원에서 문학의 전반적인 것을 배웠고, 중앙대학교 예술대학원 문예창작과에서도 공부를 했다. 20년이 넘게 서울에 살아도 어디 한군데 마음을 붙이지 못하고, 주말이면 물방개처럼 고향과 서울 사이를 맴돌고 있다.

공부를 한다고는 해도 나의 글쓰기는 별로 신통치 않다. 고향의 자연과 사람들이 이토록 질기게 나에게 달라붙어 내 삶 속으로 막무가내 파고 들어올 줄은 몰랐다. 내가 일궈 가는 어줍잖은 글밭 역시 고향에 대한 그리움과 상념이 전부다. 나는 아직도 콘크리트 도심 한가운데서 이방인으로 떠돌고 있지만, 고향은 내 삶의 중심에서 빛으로 다가오는 영원한 안식처다.

자연과 사람들, 거기에 얽히고설켜 있는 인간사의 희비와 고통, 그리고 허무의 어둠까지도 내 정서의 밑바닥에서 밝고 따숩게 자리잡고 있다. 때로는 몽상에 가까운 색조를 띠며 '근원적인 휴머니즘이란 어떤 것인가?'를 물음과 동시에 거기에 대한 비밀스런 대답도 빛과 그림자의 공존처럼 함께 있음을 들여다본다.

내 문학의 토양은 순전히 생물학적 모천에서 비롯되고 있다는 것을, 그 모천에 배어 있는 정한의 가치를 성찰해 가는 작업을 통해 알게 되었다. 유년 때부터 나와 우주와의 관계에 대한 질문은 계속되고 있다.

생경스런 외계까지 나와 잃어버린 고향을 다시 찾아가는 길이 멀고 험난하지만, 이런 근원적인 물음표를 지속적으로 달고 다니는 것을 문학하는 사람으로 더없는 축복이라고 생각한다.

시집으로 <아리랑 고개> <詩 서편제> <거꾸로 선 나무가 되어> <반딧불 하나 주까>를 묶어 냈다. 시 쓰기를 하면 할수록 거듭하여 '나는 누구인가?' '왜 사는가?'에 대한 화두가 증폭된다. 내가 나를 찾을 때까지 끊임없는 사색의 글쓰기가 계속될 것 같다.

흙길 돌길 벼랑길 지친 걸음 끝이 없다
꽃길 눈길 사랑길 지나오면 다시 그 길
살아서 못 다 걸은 길 죽어서도 가는 길
　　-시집 詩 서편제 중에서 길2-

시인 신산 오양심 약력 / 전남 여천 출생

한국예술신학대 문예창작과와 서울예술신학대 대학원 졸업
중앙대학교 예술대학원 문예창작과와 연세대학교 사회교육원 논술지도자 과정 수료
1993년 한맥문학에 박재삼선생님 추천으로 등단
아동문예문학상, 한맥문학상, 한국프로문학상, 허난설헌문학상, 황진이문학상 등 다수 수상

시집으로
'아리랑고개', '詩 서편제', '거꾸로 선 나무가 되어', '반딧불 하나 주까'
저서로
'오양심글쓰기논술총자료집 초등학생용' 6권 '오양심글쓰기논술총자료집 중·고등학생용' 2권
수험생들을 위한 오양심의 '문학여행' 10권 출간중

주요활동
미국뉴욕 서울프라자호텔에서 한국의 4계 및 2002월드컵 시화전
전북 반딧불 축제 무주문화원에서 한국의 4계 및 월드컵 시화전
미국워싱턴힐튼호텔에서 한국인 이민100주년기념행사에서 '흰옷이 부르는 노래' 초대시 낭송
미국워싱턴전쟁기념관, 한미동맹 50주년 기념행사에서 '우리는 하나다.' 초대시 낭송
2008년 중국올림픽 유치기념으로 인민일보에서 '나는 괜찮아' 초대 시 낭송
방정환평전 출판기념회 서울신문사에서 '영원한 어린이의 아버지' 초대시 낭송
일본군위안부역사관 나눔의 집 3.1절 행사에서 '흰옷이 부르는 노래' 초대 시 낭송
소년소녀가장돕기 행사에서 학부모 학생과 함께 거리시 낭송
대청골 축제와 중동100주년 기념행사, 소년소녀가장돕기 100여 편의 시화전
신세대와 함께하는 열린 음악회 '길', '꿈은 이루어진다', '태양은 다시 솟아오른다' 등 준비 중

현재
한국논술지도사협회 회장 http://www.nonsuljidosa.or.kr
건국대학교 평생교육원 논술지도사아카데미 주임교수 http://www.ohnonsul.co.kr
서울 강남구 일원동과 광진구 자양동에서 오양심통합논술 http://www.nonsulpower.co.kr 운영 중

뻔득재 더 굿 값 10,000원

초판 인쇄 / 2008년 5월 10일
초판 발행 / 2008년 5월 15일
지은이 / 오 양 심
펴낸이 / 최 석 로
펴낸곳 / 서 문 당

주소 / 서울시 마포구 성산동 54-18호 동산빌딩 2층
전화 / 322 4916~8 팩스 / 322-9154
등록일자 / 2001. 1. 10
등록번호 / 제10-2093
창업일자 / 1968. 12. 26

※ 잘못된 책은 바꾸어 드립니다
ISBN 89-7243-626-7